The 143-Storey Treehouse
瘋狂樹屋143層
·驚奇露營冒險之旅·

安迪·格里菲斯 Andy Griffiths 著

泰瑞·丹頓 Terry Denton 繪

韓書妍 譯

目次

增添想像與幽默，
閱讀也能那麼有趣

◎ 傅宓慧 （龍星國小教師）

還記得那句廣告台詞:「想像力就是你的超能力！」從打開這本書的那一刻，你就能感受到安迪與泰瑞哥倆好幽默的超能力！

住在瘋狂樹屋一百三十層中的安迪跟泰瑞，這一回他們又一路往上加蓋，蓋了一百四十三層!?這樹屋不只是高，每一層樓都有不同的功能，屋內還有著各式各樣、稀奇古怪的道具！保證你眼睛發亮，嘴角失守。（在這一集中，還有新冠病毒唷！你發現了嗎？）

　　本書中，任何生活中的無聊小事都會變成莫名其妙的笑點，甚至開啟一場大冒險：安迪在拼字遊戲中情緒爆炸，萬能文字機立刻想出「度假」的妙點子，只不過過去的經驗中，每一回的度假都超慘的，但他們仍是興奮的打包行李，踏上度假之路 —— 前往新露營地露營。

　　這看似平凡的旅程，光是出發，就搞得浩浩蕩蕩，因為除了他們兩個之外，還有沿路上車的冰淇淋小販愛德華、棒棒糖魔法保母瑪麗、大象鼻王、稻草人……一堆路上遇到的好朋友們，他們的車就這樣一路加掛車廂，最後竟如火車般，熱熱鬧鬧的駛向露營地。

　　你以為這樣就順利開始旅程了嗎？當然沒那麼幸運，他們一直想要逃避的雜誌社記者也在最後上了車，整路瘋狂的拍照、採訪，為這趟旅程更增添荒謬感。

　　露營時想要搭帳篷？泰瑞卻聽成「打拋豬肉」，壓根沒有帶！（最後靠大象鼻王擤鼻涕的手帕解決）；想要放鬆的釣魚？所有人都擠到一艘船上，完全沒有拋竿的空間

（然後竟然釣到一隻神奇的舊靴子）；就連圍繞著營火的放鬆活動，也演變成恐怖故事大賽（而令人詫異的就是他們說的鬼故事竟然都變成真的！）

安迪與泰瑞一連串的意外，讓這一本書一打開就放不下，也讓我們看見作者施展超能力 —— 在平淡的生活中加點「搞笑」來調味，用「想像力」來燉煮，再加上「幽默」來提香，讓所有讀者輕鬆閱讀、捧腹大笑。

快來打開這本書，你會發現，「想像力就是生活的超能力！」，原來閱讀也可以那麼有趣！

故事的最後，泰瑞跟安迪竟又想要往上加蓋了!? 瘋狂樹屋真的是太瘋狂了！

孩子的夢想，
一間充滿驚奇的萬能樹屋

◎ 藍子媽

　　無所不能的豪華完美樹屋，無章法可言的瘋狂雙人組合，滿滿的想像力在這裡無盡發揮，你無法想像在這樣一間什麼都有、什麼都不奇怪的樹屋裡，究竟能做什麼？可以展開怎樣的刺激冒險生活！

　　超受孩子歡迎的澳洲圖文書「瘋狂樹屋」系列，這次一路蓋到一百四十三層了！這間瘋狂樹屋就這麼不斷失控的蓋下去，想像力更是一路爆棚啦……

　　《瘋狂樹屋143層》的屋主，就是作者安迪和插畫家泰瑞本人，這是「瘋狂樹屋」系列的第十一本書，除了作者的想像力發揮與無厘頭情節，更另類的將創作者的現實生活融入故事裡，除了總是無情催稿的大鼻子先生，這次也讓肺炎疫情來攪局，戴口罩、打疫苗帶進創作中。

　　每集的樹屋都會增加十三個新樓層，這集有意思的樓層包括：萬能文字機、回收站、拆房鐵球、每小時噴發的燉豆子間歇泉、很難去光顧的鮮魚奶昔吧、擠滿怨言的抱

怨室、永遠是午夜的墓園、裡面（應該）有一條噴火龍的
洞穴，還有露營地。

　　這次他們決定前往新蓋的露營地，好好度過一個放鬆
的假期，雖然之前每次度假總有荒謬的意外發生……而這
次果然還是沒法輕鬆度過，享受了搭帳篷、釣魚、看星星
的樂趣，卻還是頻頻以意外的奇特狀況做結尾，最後還發
生了所有夥伴消失的神祕事件，安迪能不能順利救回夥伴
呢……

　　在孩子的學習逐漸進入文字階段，兼具圖畫與文字的
童書，便是循序漸進慢慢引導孩子進入文字閱讀世界的橋
梁，因此這類書便要插圖精采、文字簡單易讀，內容更要
新鮮趣味，才能引起孩子的興趣。

而「瘋狂樹屋」系列的逗趣，不只戳中孩子的笑點，其中想像力的恣意與瘋狂，更是讓孩子驚奇連連，讀起來欲罷不能。「瘋狂樹屋」站在孩子的角度看世界，為他們呈現世界的想像力。除了故事情節，更讓人不得不多留意的是插圖中設計的小巧思及無厘頭的對話，總讓人細細的尋找驚喜，哈哈大笑不已。

　　閱讀的素養，除了讓書自然存在於我們的生活中，也要讓閱讀成為一種習慣。這是一本吸引孩子進入閱讀世界的書，想像力的解放、獨立的思考力、同儕間的互動與合作、生活中的幽默感、面對挑戰的態度、生活力的養成……都是我們期望孩子從這裡得到的滋養。

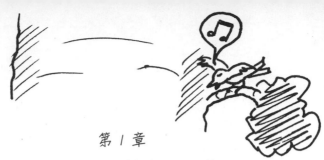

第 1 章

143 層樹屋

嗨，我是安迪。

這是我的朋友泰瑞。

我們住在樹上。

雖然我說住在樹上，其實我是指樹屋。而我說的樹屋，可不是隨便的老樹屋，這可是一百四十三層的樹屋呢！（之前樹屋有一百三十層，不過我們又加蓋了十三層。）

你還在等什麼？

快上來吧！

我們現在有萬能文字機（世界上沒有它不知道的字！）

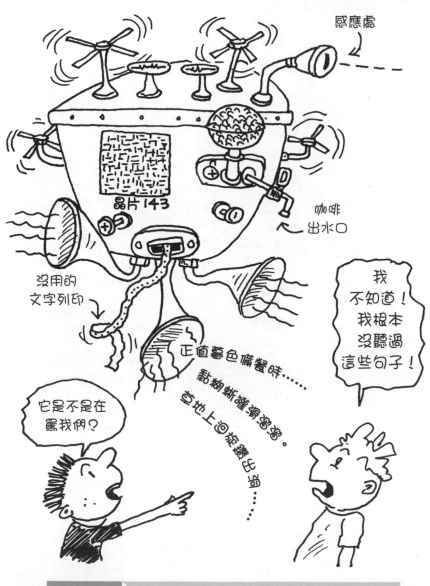

本頁重點字 ▶ 世界

回收站

拆房鐵球

本頁重點字 ▶ 　　　　　球

露營地

本頁重點字 ▶ 地

超級硬籃子

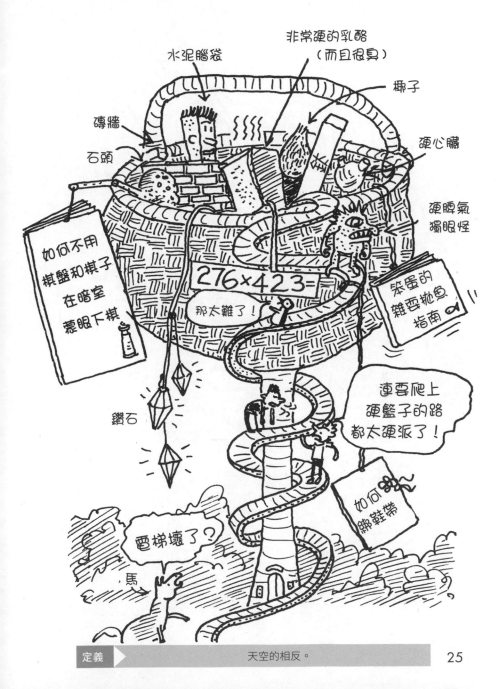

燉豆子間歇泉（每小時整點噴發）

一座古色古香歷史小鎮

本頁重點字 ▶ 古色古香

一間鮮魚奶昔吧（我們很討厭鮮魚奶昔，可是企鵝很愛！）

定義 ▶ 鮮魚奶昔的主要原料。

陰森森的墓園（這裡永遠是半夜，大白天也一樣）

本頁重點字 ▶ 墓園

由善良稻草人看守的太妃糖蘋果園

還有一座又深又陰暗的洞穴，住著一隻活生生的噴火龍（其實我們沒有真的看過牠，不過我們很確定牠就在洞裡）。

　本頁重點字　▶　　　　　　龍

樹屋不只是我們的家，也是我們一起創作的地方。我寫故事，泰瑞畫圖。

如你所見，我們從事這一行已經好一陣子了。

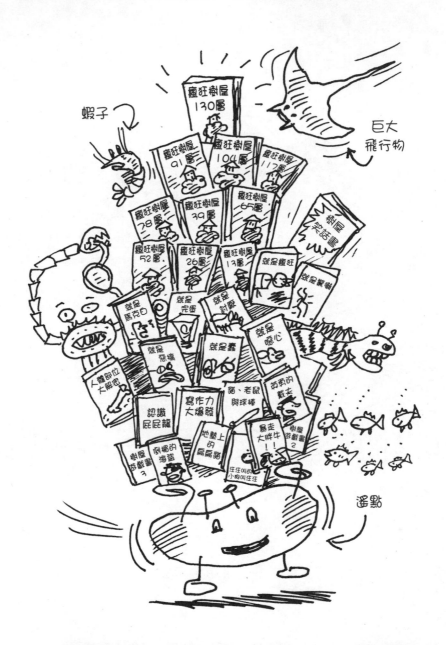

不過事情並非總是如意。有時候會有不速之客⋯⋯

本頁重點字 ▶ 快一點

但是無論如何，我們最後總是能把書寫完。

本頁重點字 ▶ 絕不

第 2 章

誇茲傑克斯 ?!

　　如果你和我們大部分的讀者一樣，或許你正在猜想，
我最喜歡世界上哪一個字。這個嘛，當然是「安迪」啦！
這是由最棒的字母拼成的最棒的字。

A 就是超讚，

N 就是絕對不會錯，

D 就是閃亮耀眼，

Y 就是——

「換你了。」泰瑞說。

「泰瑞，請不要打斷我。」我說。

「可是輪到你了！」

不好意思，讀者們。如你們所見，我和泰瑞的拼字遊戲正進行到一半。現在，讓我瞧瞧……等等，那是什麼字？

「Quazjex，誇茲傑克斯？」我說：「那算什麼？那才不是字呢！」

「它是字。」泰瑞說。

「它的意思是什麼？」我說。

「意思是我贏了，」泰瑞說：「因為我用掉所有的字母，得到兩百六十分。」

「意思是你作弊！」我說：「根本就沒有『誇茲傑克斯』這個字。」

「有這個字。」泰瑞說。

「證明有這個字，」我說：「用它造一個句子。」

「簡單，」泰瑞説：「我的新寵物墨西哥蠑螈，名字是誇茲傑克斯！」

　　「那不算，」我説：「你不能在拼字遊戲中使用專有名詞。」

　　「你的名字呢？」泰瑞説：「那也是專有名詞，而且你用了好多次。如果你可以用『安迪』，我也可以用『誇茲傑克斯』。」

「安迪也許算是專有名詞，」我說：「但至少是專有名詞的名詞。」

「誇茲傑克斯也是啊。」泰瑞說。

「不如讓萬能文字機決定吧？」我說：「嘿，萬能文字機，誇茲傑克斯算是真正的名詞嗎？」

本頁重點字 ▶ 泰瑞

萬能文字機複述這個字。

「誇茲傑克斯！誇茲傑克斯！誇茲傑克斯！」

機器開始冒出白煙。

「無法運算。無法運算。無法運算。無法運算。無法──」

「糟了，機器要爆炸啦！」我說：「鴨子！」

泰瑞和我立刻撲倒在地，雙手抱頭。

本頁重點字 ▶ 傻瓜

扭曲 單數 打翻 扭曲 單數 打翻 扭曲 單數
位元 也許 高度 打嗝 拍打 爪哇 蘋果 位元
坐下 上面 座位 小麥 貓 蝙蝠 帽子 胖
ㄐㄥ ㄍㄨㄥ ㄍㄨㄥ 啾 噗 嗶哩 吱 吱
酷 規則 雙數 …… 優ㄥ 珠寶 ㄅㄟ 水池
點 少得要命 天鵝 佛普 站 都 卜 勤效應
比格爾 伊格爾 彈珠 超 釣鰻魚 扭動
無尾熊 啞鈴 …………
小 小巧 小小的 大
思 伊莫 伊芙 約翰……
稀便便 便便 晨便
今天 女生
拿到 拿到 拿到 拿到
蘑菇 牛奶
樸 實 奶
黏糊
鬆餅
粗大 龐大
…馬可
糊 一坨
男生 扎染
拿到 拿到 拿到 拿到
火腿 吃 沉悶
爭吵 被壞
夜快 優格
牛…弓箭…
動物園 老鼠
中 文臟
洛娃 起
…

「你看看你！」我說：「你亂編的字讓萬能文字機爆炸了！」

「對啊，」泰瑞大笑說：「到處都是字吧！」

「才不好笑！」我大吼：「要把這些字全部放回機器裡，一輩子都做不完啦！至少有五千個字吧！」

「我知道，」泰瑞說：「而且有些字也很好笑。你看這個字：『荒誕』。太好笑啦！不知道是什麼意思呢？」

「這個嘛，我們永遠不會知道了，不是嗎？」我大叫：「因為你弄壞了萬能文字機！什麼都會被你弄壞！」

「安迪，冷靜點。」泰瑞説：「我可以修好它。」

「我很冷靜！」我大吼。

「不，你不冷靜。」泰瑞説：「你真的很生氣。」

「我才不生氣！」我吼得更大聲了。

「你很生氣。」泰瑞説：「事實上，現在想想，你最近很常生氣呢。一點點小事都會讓你亂發脾氣。」

「我才沒有！」我説：「我絕對不會亂發脾氣！」

「你現在就在亂發脾氣！」泰瑞説。

「你昨天也亂發脾氣。」泰瑞説。

「前天也是……」

「還有大前天也是。」

「也許你說的沒錯。」我說：「或許我需要離開去放鬆的那個東西……呃……我想不起來那叫什麼。」

「您正在尋找的字叫作『度假』。」萬能文字機說。

「謝啦，萬能文字機！」我說：「對啦，度假一定會很棒，可是我不知道度假是不是答案。我的意思是，上次的度假就是一場災難。」

本頁重點字 ▶ 度假

「我們不需要去那些樂園，」泰瑞説：「簡單就好。不如到我們的新露營地露營吧？那裡沒有滾燙的乳酪漩渦，沒有火球，沒有馬臉，就只有你和我，坐在營火旁，靜靜休息放鬆。」

「聽起來很不錯。」我説：「我們打包行李吧。」

「不需要。」泰瑞說：「我已經打包好所有東西，放在樹屋越野車上了。」

　　「等等，」我問：「你有帶帳篷嗎？」

　　「帶了。」他說。

　　「你有帶食物嗎──包括棉花糖機？」

　　「都有。」

「你帶了斧頭、攜帶式籃球框、圖騰網球網柱和網球拍、溜溜球、桌遊、書、漫畫、火箭推進器、廚房水槽、備用廚房水槽和緊急替代用備用廚房水槽嗎？」

　　「帶了、帶了、帶了、帶了！」泰瑞不耐煩的說。

　　「那我想我們準備好了！」我說。

我們跳上樹屋越野車，正準備出發的時候……

　　「不知道是誰呢？」泰瑞一邊接 3D 視訊電話，一邊
說道。

　　「等一下！」我說：「很可能是大鼻子先生。如果我
們不接電話，他就不能提醒我們下一本書的事，這樣我們
就能清靜的度假！」

「你們已經接起來了，兩個蠢蛋！」大鼻子先生說：「你們說的每一個字我可是聽得一清二楚！什麼度假？本週結束之前你們要交一本書！」

　　「可是我們需要休息一下啊。」我說。

　　「我會讓你們休息一下。」大鼻子先生說：「如果你們沒有準時做完書，我就會打斷你們全身上下每一根骨頭。」

「可是我們都打包好準備出發了。」泰瑞說：「我們要去新的露營樓層放鬆度假。」

　　「太好了。」大鼻子先生說：「那你們就有大把時間可以做書啦！而且我剛剛想到一個好主意！我會請《走開！》雜誌派記者和攝影師，做一篇你們度假的獨家特輯。一定會是很棒的廣告！」

「聽起來不太像度假吔。」我說。

「如果你們不按照我說的做，就準備在猴園度假到永遠吧！」大鼻子先生威嚇說道。

「我討厭猴子啦！」泰瑞說。

本頁重點字 ▶ 猴子

「那你們最好快點完成你們的書，並且全力配合《走開！》雜誌！」大鼻子先生吼道：「好了，現在給我走開——喔，還有一件事，度假愉快！」

　　他掛掉電話。

「快。」我說：「沒時間浪費了。如果我們現在就出發，就能在《走開！》工作人員抵達這裡之前離開，然後像計畫那樣只有我們兩個人去度假。」

本頁重點字 ▶ 快

第 3 章

我們到了嗎？

「我們到了嗎？」泰瑞問。

「你在開玩笑嗎？」我說：「我們才剛剛出發。你看，我們都還沒經過愛德華勺子手的冰淇淋店。」

「我們能停下來買冰淇淋嗎？」泰瑞說：「我真的很想吃冰淇淋！」

「我也是。」我説：「可是我更想度假。」

「你可以度假的。」泰瑞説：「買完冰淇淋之後就可以了。再説，沒有冰淇淋的度假就不算度假嘛。」

本頁重點字 ▶ 冰淇淋

當然啦，泰瑞説的沒錯。於是我們停下來，走進店裡。

　　我選了香蕉巧克力、新腳踏車、飛天猴子多重口味，
不過泰瑞和平常一樣，正面臨選擇困難。

　　「唔……」他説：「我們還有很長的路途，所以我想
我要一個全部都有的口味，麻煩你了，愛德華。」

「很長的路途？」愛德華問：「你們要去哪裡？」

「我們要去露營度假。」泰瑞説。

「度假！」愛德華説：「哇喔，我好久沒有放假了……呃……其實，我想我從來沒有度假過。」

「你何不跟我們一起來呢？」泰瑞説。

「我很樂意，」愛德華説：「可是如果我去度假，誰來經營冰淇淋店呢？」

「沒人！」泰瑞說：「但是無所謂，因為我跟安迪不會來這裡！」

「那我就接受邀請了！」愛德華說：「我去拿攜帶式冰淇淋小販托盤，立刻就來！」

愛德華跳進後座，然後我們再度上路。我原本希望只有泰瑞和我，不過愛德華是個好旅伴，而且他還有攜帶式冰淇淋小販托盤，所以我不是很介意。

我們又行駛了幾分鐘。

「我們到了嗎？」泰瑞問。

「還沒。」我嘆口氣，「我們才剛經過棒棒糖魔法保母瑪麗的棒棒糖店。」

「我們可以停下來買棒棒糖嗎？」泰瑞說。

「我覺得可能不太好。」我說：「如果我們每隔五分鐘就停下來，可能永遠都到不了露營地。」

「我不要每隔五分鐘就停下來，」泰瑞說：「我只是想停下來買棒棒糖。」

「我也是。」愛德華說：「而且瑪麗是超棒的棒棒糖販售機器人！」

「喔，好吧。」我說：「不過這絕對是最後一次停下來了。」

　本頁重點字　▶　棒棒糖

我們下車選擇棒棒糖。我選了有閃電的未來風口味，泰瑞選了長滿刺的仙人掌棒棒糖。愛德華⋯⋯他還會選什麼呢？當然是冰淇淋口味的棒棒糖啦。

　　「冰淇淋也算一種口味嗎？」泰瑞說。

　　「當然算。」瑪麗回答：「而且是最棒的口味之一。你們今天要做什麼？」

定義 ▶　棒棒糖魔法保母瑪麗販售的東西。

「我們要去露營度假！」泰瑞説。

「喔，好棒呀。」瑪麗説：「我好久沒有放假了……呃……其實，我想我從來沒有度假過！」

「我也從來沒有度假過呢！」愛德華説：「妳何不和我們一起去？」

「我很樂意，」瑪麗説：「可是我不在的時候，誰要來看著棒棒糖店呢？」

「沒人！」愛德華説：「不過無所謂，因為安迪和泰瑞也會去度假！」

「那麼，」瑪麗説：「我一起去。我去拿攜帶式小販托盤，立刻就來！」

我們回到越野車上，但是泰瑞打包的東西實在太多，沒有足夠空間讓瑪麗和她的棒棒糖托盤上車。

　　「喔，」她嘆口氣：「我果然還是沒辦法去。」

　　「妳可以的！」泰瑞說：「我打包了備用拖車，妳可以搭那個！」

　　「我也要搭！」愛德華說：「拖車之旅聽起來就很好玩！」

於是泰瑞在越野車後方拴上拖車，瑪麗和愛德華跳上拖車。我們再度啟程，而且在抵達之前不會停下來。

這個嘛，我說「抵達之前不會停下來」的時候，我的意思是我們只會停下來接鼻王

拳擊手套

三隻睿智的貓頭鷹

定義 ▶ 　　　拳擊大象。　　　75

還有一大群吵得要命的企鵝。

「我就說吧！」我對泰瑞說：「如果我們一直停下來，永遠都到不了那裡啦！」

　　「安迪，你說的沒錯。」泰瑞說：「不會再停下來了。嘿，你看前面！搭便車的旅人吔！我們應該停下來載他們一程。」

　本頁重點字　▶　搭便車的旅人

「才不要！」我看著在枝頭邊緣等待的那兩個人，「我們的乘客已經太多了！」

「可是他們是搭便車的旅人。」泰瑞說：「如果我們不載他們，他們要怎麼去目的地？」

「好吧。」我說：「我們可以停下來，但這絕對是最後、最後一次。」

我們在拿相機的男人和拿著筆記本的女人旁邊停下。

「嗨。」泰瑞說：「你們要去哪裡？」

「到露營地。」男人說：「我們要去露營度假。」

「真是太巧了！」泰瑞說：「我們也是！我叫泰瑞，這位是安迪。」

本頁重點字 ▶ 筆記本

「你們正是我們要見的人！」女人說：「我是汪達‧很會寫，這位是吉米‧快拍。我們是《走開！》雜誌的人，要來寫關於你們的故事！」

「笑一個！」吉米・快拍拿著相機對準我們說道。

喀嚓！

本頁重點字 ▶ 喀嚓

第 4 章

豬肉、胡頭
與胡椒研磨器

「我們到了嗎？」就在我們抵達營地時，泰瑞問了第
五萬遍。

「我們到啦。」我下車深呼吸說：「你聞聞這新鮮的
空氣！」

定義 ▶　　　吉米‧快拍的相機發出的聲音。　　　85

喀嚓！吉米拍下我們呼吸新鮮空氣的照片。

「你們喜歡新鮮空氣嗎？」汪達手握著筆，放在筆記本上問道。

「當然喜歡！」我說：「誰不喜歡呢？」

本頁重點字 ▶ 照片

「我是負責採訪的人，所以你們不介意的話，我會問一些問題。」她回答。

　　「好吧。」我說。不過我確實很介意。一路上她都在問問題，寫在筆記本上。

愛德華和瑪麗爬出拖車。

「喔，真迷人。」瑪麗環顧四周說道。

「那個大大的、閃亮亮的、水汪汪的東西是什麼？」

「那是湖。」我說。

「喔，真迷人。」瑪麗說：「愛德華，你不覺得這很迷人嗎？」

「是很迷人。」他附和，可是他根本沒有看湖，他一直盯著瑪麗。

「露營度假究竟是怎麼一回事？」梵希・費許問：「我沒看見任何豪華旅館啊。」

「因為這裡沒有旅館。」我解釋。

「露營度假的重點就是自己搭建遮蔽的地方，自己煮飯，自得其樂呀。」

「可是我們沒有帶這些東西啊。」貧奇說：「你又沒告訴我們。」

「別擔心。」我說：「你們可以用我們的。泰瑞打包了所有需要的東西。」

「沒錯。」泰瑞說：「全都在這裡。」

「好。」我說:「先來做重要的事。我們來搭帳篷吧!」

「帳篷?」泰瑞說。

「對,帳篷。你打包了,對吧?」

「沒有。」泰瑞說。

「我還特地問你有沒有打包帳篷吔!」我說。

「喔!」泰瑞說:「我以為你是說『打拋豬肉』?」

「那根本就沒有意義啊!」我說。

「我知道。」泰瑞說:「我也是這麼認為,所以我打包了這個。」

他從越野車後座拿出一個超級大的胡椒研磨器。

我討厭胡椒！

「如何？」泰瑞驕傲的說，一邊旋轉胡椒研磨器。胡椒到處亂飛，形成一大片黑色雲霧。「你覺得怎麼樣？我從超級大東西樓層拿的。」

「很好！」我說：「不過帳篷呢？在哪？」

「不是啦，這和帳篷押韻啊。」

「才沒有！」我說：「這是胡椒研磨器！胡椒研磨器和帳篷才沒有押韻！」

「發揮想像力就有！」泰瑞很堅持。

「才沒有！」我說。

「糟了！」愛德華說：「胡椒跑到鼻王的鼻子裡啦！我覺得他要打噴嚏了！」

　本頁重點字　▶　　　　　　　胡椒

鼻王展開我見過最大的手帕，舉到他的鼻子上。

我們做好猛烈噴發的心理準備……

但是什麼也沒發生。

「沒事了。」泰瑞說：「假警報！」

真是鬆了一口氣！

「嘿！鼻王，」我說：「如果你沒有要用那條手帕，可以借我們嗎？」

鼻王聳聳肩，把手帕遞過來。

「謝啦。」我說：「大家一人抓住一角，拉開後盡可能舉得越高越好。泰瑞，你把超級大胡椒研磨器立在中間──就是最完美的中柱啦！」

瑪麗用棒棒糖將手帕的角落和邊緣釘在地上，很快的，我們就搭起一座大到足以容納所有人的帳篷了。

「做得好，隊友們。」我説：「就地取材和變通就是露營的精神！好了，現在我們該來砍柴生火啦。泰瑞，你可以給我斧頭嗎？」

「斧頭？」泰瑞説。

「你打包了，對吧？」

「呃⋯⋯沒有⋯⋯你沒有叫我打包。」

「我有。」我説：「我還特地問你是否打包了斧頭。」

「喔！」泰瑞拍了額頭說：「我以為你是說『大砲胡頭』？」

「果然沒錯。」我嘆氣。

「你真的這樣說嗎？」汪達問。

「沒有！」我大吼：「因為根本沒有『胡頭』這種東西！」

「有喔。」泰瑞拿出一把斧頭，「我這裡就有一把。」

「那不是『胡頭』。」我說：「那是斧頭！」
「不。」泰瑞說：「是胡頭。」

胡頭！

斧頭！

胡頭！

斧頭！

「好吧，好吧。」我說：「我放棄。胡頭、斧頭，隨便啦！拿過來就對了──然後閃開點。」

「為什麼每次都是你砍柴？」泰瑞問。

「因為我砍得比你好。」我說。

「那是因為你從來不讓我試試看。」泰瑞說：「如果你不讓我練習，我怎麼會變厲害？」

「這個問題非常好。」汪達說：「我也正在思考呢。安迪，你很霸道，對吧？」

「我才不霸道！」我說：「我只是不希望有任何意外。好吧，泰瑞，你可以砍柴。小心一點！」

「謝啦，安迪。」泰瑞說：「你可以信任我。你能幫我穩住木頭嗎？」

「沒問題。」我說。

泰瑞揮動斧頭，沒有砍中木頭，卻把我從正中間劈成兩半。

「唉唷喂呀！」我的右半邊大叫：「看看你做了什麼好事——有兩個我！」

「你的意思是有兩個我們！」我的左半邊說。

「安迪，笑一個！」吉米說。喀嚓！

「被斧頭劈成兩半是什麼感覺？」汪達問。

「你覺得呢？」我們說。

喀嚓！

「由我來問問題，還記得吧？」汪達說。

「抱歉。」我們說：「我們忘記了。」

「我也很抱歉，安迪。」泰瑞說：「我的意思是，安迪們。」

「算了啦。」我們說：「拿急救包給我們。」

「我沒有打包急救包。」泰瑞說：「不過我從超級大東西樓層打包了這支巨大釘書機。」

喀嚓！

喀嚓！

喀嚓！　喀嚓！

「那麼，我們想也只能這麼做了。」我們說。

「一點都不會痛的。」泰瑞一邊說，一邊把我釘起來。

（我不知道你有沒有被劈成兩半，然後又被釘回去過，不過如果你曾經有過這個經驗，我相信你一定同意這是會痛的……而且很痛！）

最後我的兩半終於又合一了。

「好啦，安迪。」泰瑞說：「跟新的一樣好！」

事實上，我的感覺出乎意料的好，除了肚子有點餓。

結果不是只有我肚子餓。

「安迪，不好意思。」善良稻草人說：「我好餓喔──
有什麼可以吃的嗎？」

「當然有啦。」我説：「我叫泰瑞打包很多食物。」

「食物？」泰瑞説。

「對啊，你打包了吧？」我問。

「有。」泰瑞一臉不確定的回答。

「真的嗎？」我説。

「沒有。」泰瑞説。

　　「你在開玩笑嗎？」我説：「真是不敢相信！幸好愛德華和瑪麗帶了他們的冰淇淋和棒棒糖小販托盤。」

「安迪，很抱歉。」愛德華說：「已經沒有冰淇淋和棒棒糖了。在來這裡的路上全都吃完了。」

「真是太好了。」我說：「真是好啊。」

「放輕鬆，安迪。」泰瑞說。

「沒有東西可以吃，要我怎麼放輕鬆？」我吼道。

「別擔心。」泰瑞說：「我打包了釣魚竿和小船。我們可以去釣魚，自己抓晚餐啊。」

「老實説，這個主意還不錯。」我説：「畢竟釣魚是很好的放鬆活動。」

　　「除非你是魚。」梵希 · 費許説。

第 5 章

划呀～划呀～
划你的船

　　半個小時後，泰瑞和我坐在船上，置身湖中央正在釣魚。當然，是很放鬆啦，可是沒有我原本希望的那麼放鬆，因為……

定義　　　　　　　放鬆的活動——除非你是魚。

其他人也都在船上！

　　我們擠得像沙丁魚，說起來也很好笑，因為我們就是用沙丁魚當作釣餌。

本頁重點字　▶　　　　　沙丁魚

但是和問東問西的記者、愛拍照的攝影師、兩個歡天喜地的機器人、一隻壯碩巨大的拳擊大象、一個善良稻草人、三隻長舌貓頭鷹、一隻愛夾人的螃蟹、一條尊貴的魚，以及一大群興奮過度、跳來跳去打羽毛球，並且試圖偷吃釣餌的企鵝，一起在專為兩名乘客打造的船上釣魚，就沒那麼好笑或放鬆了。

　　我們全都緊緊擠成一團，幾乎沒有空間拋擲釣魚線。更慘的是，船在水中的速度慢到彷彿我們隨時都會往下沉。

定義 ▶　　　　　（有強烈沙丁魚氣味的）小魚。

「叭啦啦啦啦啦啦啦啦！」鼻王發出象吼，鼻子在空中噴出水柱，讓企鵝在水裡玩耍。

　　「再來一次！」吉米邊拍邊說。

　　鼻王根本不需要任何鼓勵。

　　「叭啦啦啦啦啦啦啦！」

　　這次企鵝飛得更高了。

　本頁重點字　▶　叭啦啦啦啦啦啦啦

「我以為這是豪華郵輪。」梵希・費許說：「結果是水上樂園！」

　　「喔，梵希，開心一點嘛，你這個老古板。」貧奇在梵希・費許的面前喀啦喀啦開闔蟹螯說：「我們就是來度假的，度假就是要好玩啊！」

　　「笑一個！」吉米說。喀嚓！

即使周遭擁擠無比，大家看起來都很開心（除了梵希・費許之外），尤其是愛德華和瑪麗，他們開心到一起唱歌了。

划呀～划呀～划你的船，
慢慢順著水流下，
快活～快活～快活～真快活，
人生只是一場夢！

划呀～划呀～划你的船，

慢慢順著水流下，

如果你見到鱷魚，

給牠冰淇淋！

划呀～划呀～划你的船，

永遠不要停。

如果你的肚子餓，

棒棒糖是好選擇！

划呀～划呀～划你的船，

在湖上輕輕划。

別忘了帶上，

超級大……

「乳酪蛋糕！」三隻睿智的貓頭鷹之一大吼。

「你喜歡乳酪蛋糕嗎？」汪達問。

「拖拉機輪胎！」第二隻睿智的貓頭鷹叫道。

「我明白了。」汪達回答，一邊做筆記，「拖拉機輪
胎乳酪蛋糕——真是非常有趣。你們還想補充什麼嗎？」

「呸呸！」第三隻睿智的貓頭鷹說。

伴隨著鼻王的象吼、企鵝激動興奮的吱吱啾啾、貪奇喀拉喀拉的蟹螯、睿智貓頭鷹的大嗓門、吉米的相機快門聲、愛德華和瑪麗的機器人歌唱，還有汪達沒完沒了的問題，我覺得我們釣到魚的機會微乎其微。

　　但是，我感覺到釣魚線的末端有點動靜。有東西在扯線，而且很大！

「我覺得我釣到東西啦！」我大叫。

「穩住！」吉米説。喀嚓！

「你覺得是什麼？」汪達的筆已經準備好。

「我不知道，」我説：「不過一定是個強壯的傢伙！」

「你喜歡釣魚嗎？你釣過最大的魚是什麼？魚有釣過你嗎？」

我沒空回答汪達的問題，因為不管釣魚線的另一頭是什麼，它都扯得非常用力。事實上，它的力氣大到拖著整艘船在水中滑動。

　　「各位，坐穩了！」我說：「看來我們要去兜風啦！」

「耶！」泰瑞説的同時，我們全都飛離湖面。
「這真是有史以來最棒的度假！」

小船最後逐漸慢下來。扯著我們的東西一定是累了。我開始捲收釣線。

　　水面下有一片深色影子。

　　「是鯊魚！」愛德華大叫。

　　「那不是鯊魚。」瑪麗說：「是賓頁*。」

　　「那不是鯊魚，也不是賓頁。」泰瑞說：「是賓頁鯊！」

注：澳洲的傳說水中怪物。

本頁重點字　▶　賓頁鯊

我最後一次奮力搏鬥……

然後那個東西從水中飛出，帶著一大片水花降落在船板上。

大家倒抽一口氣。

看清楚是什麼東西後，接著不倒抽一口氣。

那不是鯊魚……

也不是賓頁……

也不是賓頁鯊。

那是一隻靴子。

一隻溼透的舊靴子。

「各位，放輕鬆。」泰瑞說：「只是一隻溼透的舊靴子。」

「感謝老天！」善良稻草人說：「溼透的舊靴子不危險。」

「通常不危險。」我說，這時我注意到水不斷從船邊湧入，已經淹過我們的腿。「不過這隻靴子可能很危險。是我們完全不會想要的多餘重量。」

正如我的擔憂，船開始下沉……

越沉越深……

越沉越深……

越沉越深……

越沉越深……

直到完全沉入水中，我們全都浮在水面上。

「我想，我們的釣魚之旅結束啦。」我說。

「似乎是這樣。」泰瑞說：「不過往好處想，游泳很放鬆呀。」

　　「尤其如果你是魚。」梵希．費許說。

　　「但如果你是螃蟹的話可不放鬆。」貧奇咕噥抱怨。

　本頁重點字　▶　　　　　　游泳

第 6 章

營火樂

喀嚓！

　　我們全都游到湖邊，爬回岸上，那隻舊靴子也不例外。「幸好我打包了防水相機。」吉米一邊說，相機一邊對準靴子。喀嚓！

「幸好我帶了防水筆記本。」汪達說。

她蹲在靴子旁，開始問它問題：「你當靴子多久了？誰是你之前的主人？你喜歡當靴子嗎？你喜歡游泳嗎？你在湖裡多久了？」

本頁重點字 ▶ 靴子

「嘿，安迪。」泰瑞説：「快看，汪達竟然想訪問那隻靴子！」

　　「汪達是非常厲害的採訪記者，可以從任何事物問出訊息。」吉米説：「動物啦、礦物啦、植物啦，或是像這隻靴子！」

　　「請安靜一點。」汪達説：「我正在努力引導訪問。」

　　「抱歉。」我用氣音説：「走吧，各位，不要打擾汪達和靴子，我們去生火烘乾身體取暖。」

我用「胡頭」砍了一些木柴並生火（而且沒有把我自己——或任何人——劈成兩半）。

很快的，我們全都圍繞耀眼炙熱的營火坐著。雖然身體變暖了，肚子卻還是很餓。

「溼透的舊靴子可以吃嗎？」善良稻草人問。

「這個嘛，我想應該是可以吃的。」我說：「但是我不明白你怎麼會想吃它。」

「火可以吃嗎？」泰瑞問。

「吞火人可以。」我說：「不過很危險。記得我們嘗試吃火的那次嗎？」

「喔，對吼。」泰瑞說：「我的舌頭燒了好幾個禮拜！」

馬頭餃子！

「營火最棒的主要功能，」我說：「除了取暖之外，就是烤棉花糖啦。」

「你有帶棉花糖機嗎？」貧奇問。

「這又是泰瑞忘記打包的另一樣東西。」我說。

「你又沒叫我打包。」泰瑞說。

「我有。」我說。

「你才沒有！」

「有──」我沒能說完句子，因為一顆棉花糖射進我的嘴裡。棉花糖機正在我的面前盤旋！

「看來，至少棉花糖機來了。」泰瑞說：「我猜它也需要度假。」

竹籤供應器從棉花糖機彈出來，不消多久，我們全都開開心心的烤著棉花糖，連舊靴子也不例外。

「這絕對可以打敗那次在火山烤棉花糖。」泰瑞説。

「完全可以！」我説：「還記得火山爆發，噴得我們滿身嗎？」

「記得。」泰瑞説：「那次好好玩。」

「才不呢。」我説：「我們全身都是超級燙的岩漿！」

「喔，對吧。」泰瑞説：「不好玩。」

我們烤棉花糖，直到每個人吃得飽飽的，然後全都心滿意足的躺下，望著星星。

　　這趟度假最後還是相當不錯嘛。

「天上的星星好清楚喔。」泰瑞說：「我可以看到北斗七星吔。」

「我看見一根大棒棒糖。」瑪麗說。

我看見一團混亂。

「我看見一支大冰淇淋甜筒！」愛德華說。

我看見一個大冰淇淋機器人。

「我看見大稻草人！」善良稻草人說。

你就是大稻草人！

定義 ▶ 在天空中一閃一閃發亮的小東西。

141

「誇茲傑克斯！」第一隻睿智貓頭鷹說。

「軟木塞開瓶器！」第二隻睿智貓頭鷹說。

本頁重點字 ▶ 軟木塞開瓶器

「大鼻子！」第三隻説。

大鼻子！

「我看見一個大呆瓜！」我指著泰瑞説。

定義 ▶ 　　　　　　　用軟木製作的開瓶器。

143

「我看見一個更大的大呆瓜！」泰瑞指著我說。

哎呀！

「好了，星星看的夠多了。」我說：「我們來說營火恐怖故事吧。」

「我最喜歡營火恐怖故事了！」泰瑞說：「我可以先開始嗎？我有一個超恐怖的故事。」

我們全都坐定，準備好。

泰瑞用手電筒從下巴往上打光——這是為了營造恐怖氣氛的手電筒從下巴往上打光的造型——開始説他的故事。

 我的恐怖故事是關於一個巫婆……

一隻毛茸茸的巨大肥蜘蛛……

 還有烏雲飄過的一輪滿月。

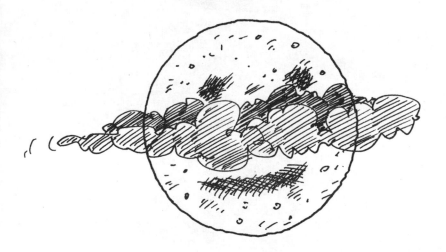

故事裡也有一隻吸血鬼狗狗……

 一隻殭屍貓咪……

一個鬼怪作祟的花生醬三明治⋯⋯

一顆神祕飛天頭顱⋯⋯

一隻不斷放聲尖叫的尖叫毛毛蟲，當你請牠停止尖叫時，牠只會繼續尖叫尖叫尖叫

尖叫尖叫尖叫

尖叫尖叫尖叫

尖叫尖叫尖叫

尖叫尖叫尖叫

尖叫尖叫尖叫

尖叫尖叫尖叫

尖叫尖叫尖叫——

「泰瑞！」我說：「你可以不要再講關於故事的事，而是開始真正講故事嗎？」

　　「但願我可以。」泰瑞說：「但是我不記得最可怕的部分了。我只知道有一個巫婆，還有一隻毛茸茸的巨大肥蜘蛛──」

　　「算了。」我說：「我倒是有一個可怕的故事──而且我很確定我記得清清楚楚。」

　　泰瑞把手電筒遞給我，然後我就開始了。

本頁重點字 ▶ 手電筒

在一片很暗很暗的森林裡……

 有一棟很暗很暗的房子。

在那棟很暗很暗的房子裡，有一扇很暗很暗的門。

在那扇很暗很暗的門後，有一道很暗很暗的樓梯。

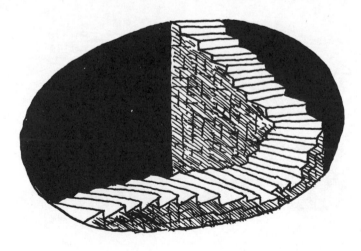

在很暗很暗的樓梯最高處，有一間很暗很暗的房間。

 在很暗很暗的房間裡，有一個很暗很暗的箱子。

「而在那個很暗很暗的箱子裡，有一個……」

（我故意暫停，製造戲劇效果。）

「冰淇淋嗎？」愛德華說。

「不，」我說：「那不是冰箱。」

「融化的冰淇淋？」愛德華又問。

「不是。」我說：「沒有冰淇淋，不管冷凍的還是融化的，都沒有……而且這是恐怖故事耶，冰淇淋一點也不恐怖！」

「一支棒棒糖嗎？」瑪麗問。

「不是！」我說：「棒棒糖也不恐怖啊！」

「一個圓點？」泰瑞說。

「不是！」我說：「不要再亂搞我的故事了。圓點是世界上最不恐怖的東西！」

「那麼，箱子裡到底有什麼？」汪達問。

我深吸一口氣：「是一個……

第 7 章

很鬼魂的鬼魂，佛列德

「安迪，你為什麼要大吼？」泰瑞問。

「因為我想要嚇你們。」我說：「很可怕吧？」

「其實不太可怕。」泰瑞說：「鬼魂又不是真的。而且即使是真的，他們也嚇不倒我。」

「其實，鬼魂是真的喔。」善良稻草人說：「而且他們相當恐怖呢。我說過佛列德，很鬼魂的鬼魂的故事嗎？」

「你應該沒有說過。」泰瑞說：「不過關於一個叫作佛列德鬼魂的故事，聽起來不是很恐怖。」

「我向你保證絕對恐怖。」稻草人說：「事實上，我們現在全都身處黑暗的森林中，這個故事很可能會太嚇人。」

本頁重點字 ▶ 嚇人

「我從來沒聽過鬼故事呢。」棒棒糖魔法保母瑪麗說：「不過我確定我一定會喜歡的。我才不怕。」

　　「我也不會。」愛德華說：「機器人才不會被嚇到。」

　　「拜託講佛列德的故事給我們聽嘛。」我說。

　　「我不確定我做不做得到。」稻草人說：「我是善良稻草人，如果用可怕的鬼故事嚇人，那就不善良了。」

「但是如果大家都很想聽你講恐怖鬼故事，那麼講給他們聽就是善良的事。」我說。

　　「特別是當他們說拜託的時候。」泰瑞說：「拜託～～～～～～～～～～～～～～～～嘛？」

　　「很拜託？」梵希・費許說。

　　「棒棒糖很拜託？」瑪麗說。

　　「外加冰淇淋拜託？」愛德華說。

稻草人聳聳肩說：「好吧。我講給你們聽，不過我會盡量讓故事不那麼可怕。」

我們全都期待的伸長身子靠近。我將手電筒遞過去，稻草人以低沉的聲音開始說故事。

「那是一個天色很暗、刮著暴風的夜晚。」

炸香蕉！

香蕉炸！

泰瑞倒吸一口氣，瞪大雙眼。

　　「這個嘛，」善良稻草人注意到泰瑞的驚恐，說道：
「雖然我說『很暗』，事實上並不是真的指很暗的很暗。
實際上相當明亮。其實老實說，那時候根本不是晚上，而
是在大白天。也沒有暴風──就只有亮光和宜人的夏日微
風。」

「喔，感謝老天。」泰瑞説：「原本越來越可怕了。佛列德呢？他什麼時候會出現在故事裡？」

「就是現在。」稻草人説：「某個宜人的夏日，佛列德上床睡覺──」

「他在大白天上床睡覺？」賓奇説：「太奇怪了。」

「沒錯。」稻草人說：「佛列德很怪，可是他也很累。他原本只打算睡個短暫的午覺，可是當他爬上床的時候，撞到了頭──」

「他撞得很嚴重嗎？」汪達問道，一邊做筆記，顯得很關心。

「不。」稻草人立刻回答：「不太嚴重。只是稍微撞到。」

「我明白了。」汪達說：「接下來發生什麼事？」

「這個嘛，」稻草人說：「佛列德睡了一整個白天，睡了一整個晚上，然後早上沒辦法起床。」

「因為他還是很累嗎？」愛德華問。

「不是。」稻草人說：「因為他死了。」

泰瑞驚呼。「死了？」他說：「可是……為什麼？」

「醫生不確定。」稻草人說：「不過他們下了結論，撞到頭是最可能的死因。」

「可是你剛剛說那只是稍微撞到。」瑪麗說。

「是沒錯，」稻草人說：「但是佛列德的頭很軟。」

「有多軟？」汪達問。

「相當軟。」稻草人說。

「所以他死掉了？」泰瑞問。

「恐怕是這樣。」稻草人說：「他變成了鬼魂。佛列德『嗚～嗚～』的叫，飄浮在空中，飛出窗外，越過山丘，到了很遠的地方。」

「有多遠？」汪達問。

「很遠很遠。」稻草人說。

「這個故事其實很不錯。」泰瑞說：「而且也不會太可怕。我喜歡皆大歡喜的結局。」

「我也是。」稻草人說：「但是很不幸的，這不是結局。」

「他變成鬼魂之後發生什麼事？」泰瑞說。

「這個嘛，」稻草人說：「佛列德被捲進風電渦輪機的葉片。」

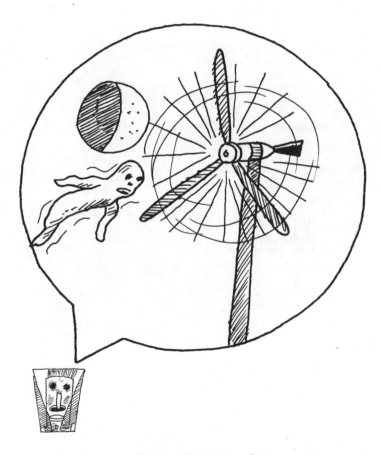

「天呀。」梵希・費許說：「他還好嗎？」

「不太好。」稻草人說：「他被絞成許多小碎片。」

「老天啊！」貧奇說：「別跟我說他又死了。」

「他的確又死了。」稻草人說：「他雙重死了。」

「這樣他就變成鬼魂的鬼魂了！」我說：「這有可能嗎？」

「當然可能，」稻草人說：「而且就是這樣發生的。接下來的故事更慘。」

「更慘？」泰瑞問：「還能更慘嗎？」

「因為，」稻草人說：「接著佛列德的鬼魂的鬼魂被吹進河裡——一條又大又溼的河，然後溺水了……溺水而死！」

本頁重點字 ▶ 雙重死

「鬼魂溺死了？」汪達説。

「恐怕如此。」稻草人説：「鬼魂可以做很多事，但是他們不會游泳。佛列德的鬼魂的鬼魂變成鬼魂的鬼魂……的鬼魂！然後──」

「好了，稻草人，謝謝你。」我説，在鬼魂的鬼魂的鬼魂故事變得越來越可怕，或是令人困惑之前趕快介入。「我想今天晚上的恐怖故事已經夠多了。差不多是睡覺時間啦。」

定義　▶　　　死兩次的行為。

「等等。」泰瑞説：「那是什麼聲音？」

「什麼什麼聲音？」我説。

「那個沙沙聲啊。」泰瑞説：「從森林裡傳來的。你聽！」

第 8 章

我們才不怕呢！

喀嚓！

我們全都嚇呆了。

森林裡有人──或是有東西！

「真希望是佛列德，很鬼魂的鬼魂。」瑪麗説。

「我希望是他。」吉米説：「我很願意拍下鬼魂的鬼魂的鬼魂！」

「越來越大聲了！」貧奇説。

沙 沙 沙！

「越來越近啦！」梵希‧費許説。

沙 沙 沙！

「誰快去瞧瞧是怎麼一回事。」我説：「我推舉泰瑞。」

定義 ▶ 沒有最鬼魂的那麼鬼魂，但是比鬼魂更鬼魂。　　175

「我推舉你。」泰瑞說。

「太遲了。」我說：「我先推舉你的。」

「我知道。」泰瑞說：「可是我認為應該是你去。你是敍事者啊。你比我更能好好形容森林裡的東西。」

「是沒錯，可是你是插畫家。你可以畫出那個東西的圖畫，而且你知道大家都說，一張畫勝過千言萬語嘛。」

「你這樣説是因為你怕了。」泰瑞説。

「你這樣説是因為你怕了。」我説。

「聽起來你們兩人都很害怕。」汪達説。

「我才不怕呢。」我説：「一點也不怕。」

「我也不怕。」泰瑞説：「我天不怕地不怕！」

「我不太相信。」汪達説：「舉例來説，如果有一隻很餓的獅子衝向你們呢？你們一定會害怕。」

　　「我不會。」我説：「我只會打呵欠。」

　　「我連呵欠都懶得打。」泰瑞説：「我就是這麼不怕。」

本頁重點字 ▶ 不怕

「可是你們不會害怕被吃掉嗎？」汪達問。

「不會。」泰瑞說：「當然啦，我最後可能會被吃掉，但是我不怕。」

「我也不會。」我說：「被吃掉根本沒有什麼好怕的。」

「那麼抬頭看見一顆巨大流星朝你們飛來，發現你們馬上就要被砸得稀巴爛呢？」汪達說：「我打賭這樣你們就會怕了。」

　　「不會。」我說。

　　「完全不會。」泰瑞說：「流星只會讓我大笑。」

本頁重點字　　　　稀巴爛

「好吧。」汪達說：「那這樣呢？如果一隻準備要吃掉你們的獅子，坐在即將砸扁你們的流星上？這樣你們就怕了吧？」

「不會。」我說。

「不會。」泰瑞說。

「不會嗎？」汪達問。

「不會。」我說：「因為我們天不怕地不怕，對吧，泰瑞？」

「沒錯。」他說：「什麼都不怕！」

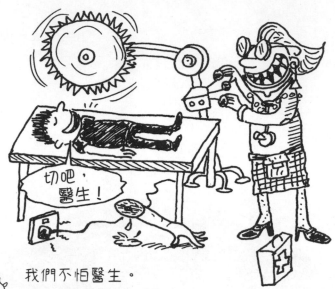

 我們不怕醫生。
我們不怕牙醫。
我們不怕藥師，
也不怕護理師和衛生員。

我們不怕和熊，
和麵包，和冰箱打架。
走過脆弱狹窄的吊橋
當然也不會害怕。

我們不怕殭屍，
或是恐龍的怒吼，

 不怕在地上
亂爬的恐怖斷手。

本頁重點字 ▶ 　　　　殭屍

我們不怕滿是食屍鬼和幽靈的鬼屋。
我們真的天不怕地不怕——
這可不是空泛的大話。

我們不怕
最黑暗的夜晚，
最低的低處，
或是最高的高度。

我們不怕
擁擠的人群，
空曠的空間，
也不怕長滿鬍子的臉。

　本頁重點字　▶　鬍子

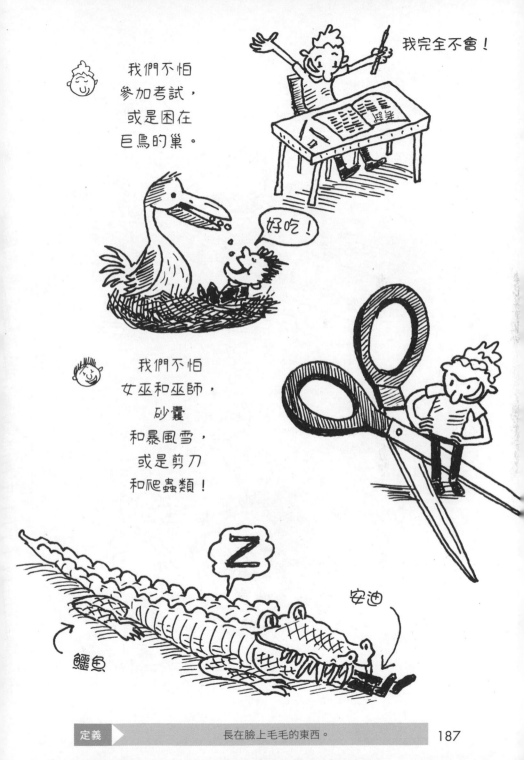

我們不怕
參加考試，
或是困在
巨鳥的巢。

我完全不會！

好吃！

我們不怕
女巫和巫師，
砂囊
和暴風雪，
或是剪刀
和爬蟲類！

Z

安迪

鱷魚

我們不怕
泥濘和泥巴，
割傷和瘀青，
受傷也不怕。

我們不怕
滑行蠕動、
嘶嘶吐舌
的致命毒蛇！

垂掛的蜘蛛、
莽撞的司機、
大象騎士、
飢腸轆轆的老虎、
臭氣沖天的尿布，
或是被鬼魂般的
騎士追殺，
我們一點都不害怕。

啪啦！

無論是什麼，
巨大或很小，
我們都不怕 ——
喔不，我們不怕。
不！我們天不怕地不怕！

「太好了！」吉姆説：「既然你們什麼都不怕，那麼何不去瞧瞧那陣聲音是怎麼回事？」

「什麼聲音？」我説：「我什麼都沒聽到。泰瑞，你有聽到嗎？」

「沒有。」泰瑞説：「不管那是什麼，我覺得已經消失了。」

「就是那個聲音！」汪達説。

「喔，你是指那——那個聲音啊。」我說：「我——我想我們應——應該去瞧瞧。」

「對——對啊。」泰瑞說。

「好吧。」我說：「走——走吧！」

泰瑞和我緩慢走向森林。

隨著我們進入森林，沙沙聲也越來越大聲……

越來越大聲……

越來越大聲……

本頁重點字 ▶ 沙沙沙！！！

突然間閃了一下光線。

「我看見了！」泰瑞說：「它有一隻眼睛！一隻閃閃發亮的眼睛啊！」

「是獨眼巨人！」我大喊：「快跑啊！」

定義 ▶ 很大聲的沙沙聲。

195

但是還沒來得及移動，我感覺到一隻手——也許是一隻爪子？——放在我的肩膀上。

　　「等一下！」一個聲音說：「是我！」

　　「ㄨ——ㄨ——我ㄕ——ㄕ——是——誰？」我說。

　　「吉兒！」那個聲音說。

　本頁重點字　▶　　　　爪子

第 9 章

我們去尋找吼比亞！

「吉兒？」我說：「妳在這裡做什麼？而且為什麼要打扮成這樣？」

「我正在尋找吼比亞。」吉兒說：「你們在這裡做什麼？」

「我們正在露營度假。」泰瑞說：「這是我們的新露營樓層。」

定義 ▶　　　　　　　　很可怕的一種手。

197

「喔，我沒發現我爬到你們的樹了。」吉兒說：「我跟著吼比亞的足跡穿過樹林，結果足跡把我帶到這裡。」

「快來看我們的紮營處。」泰瑞說：「我們有帳篷和所有東西！」

「還有所有人！」我說。

我介紹吉兒給吉米和汪達，向大家解釋他們不需要害怕——樹叢裡的沙沙聲只是吉兒罷了。

　　「對啊。」泰瑞說：「她正在尋找吼比亞……雖然我根本不知道那是什麼。」

　　「你不知道什麼是吼比亞？」吉兒說。

　　「從來沒聽過。」泰瑞說。

　　「我也沒有。」我說。

「多説一點關於吼比亞的事吧。」汪達説:「我想《走開！》雜誌的讀者對牠們一定會很有興趣。」

喀嚓！

「這個嘛，」吉兒説:「牠們是住在森林裡的神祕小動物。雖然很多人目擊牠們，對牠們的長相卻各説各話。」

有人說牠們像蜥蜴。
有人說牠們比較像貓咪。
有人說牠們可愛如兔兔。
有人說牠們更像大老鼠。

有人說牠們像負鼠……
或是鼻子很長的長鼻袋鼠。
唯一能確定的,
就是牠們的習性:
牠們踮著腳趾尖,
輕輕的跳啊跳啊跳,
半夜偷偷爬到
你們的身上……

← 腳趾

跳　　　跳　　跳　　跳

牠們把你裝進袋子裡，
並把袋子綁得好緊——
然後掛起來，
離地面好高好高，
用樹枝戳袋子，
一邊在周圍手舞足蹈。

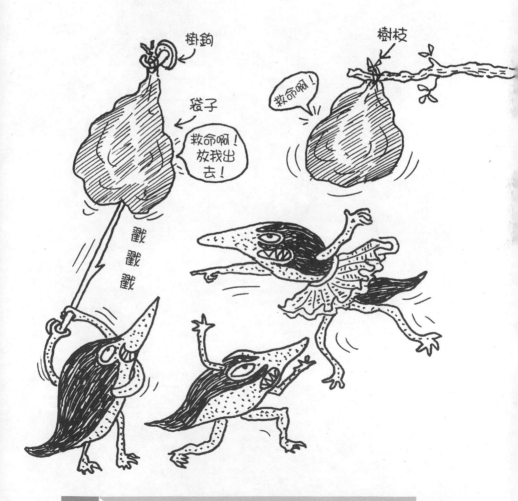

牠們大叫：「吼比亞！吼比亞！吼比亞！」
戳著你大笑。
「吼比亞！吼比亞！吼比亞！」
反覆呼吼整晚不睡覺。

　本頁重點字　▶　　　　　反覆呼吼

但是當太陽升起時,
牠們全都
倒在地上。
整個白天
熟睡得又沉又香甜,
直到天色又變黑。

接著牠們突然醒過來
踮著腳尖跳，
不斷戳袋子，
一邊大聲吼叫，
「吼比亞！吼比亞！吼比亞！」

本頁重點字 ▶ 戳

「聽起來好恐怖。」我說：「真慶幸附近沒有吼比亞。」

　　「我覺得有喔。」吉兒說：「這片森林裡到處都是吼比亞的足跡。」

「吉兒，妳見過吼比亞嗎？」泰瑞問。

「沒有，不過我非常想看。這就是為什麼我在尋找吼比亞。」

「如果能拍到吼比亞，我願意做任何事！」吉米說：「那一定會是史上第一次拍到吼比亞！」

「我也很想訪問吼比亞。」汪達說：「那一定會是個非常精采的獨家報導！」

「你們全都應該加入我的尋找行列。」吉兒說：「我很確定這一帶有幾隻吼比亞，而且就在附近！我幾乎可以聞到牠們了！」

「等等。」我說：「吼比亞很噁心，對吧？」

「對。」吉兒說：「真的很噁心。」

「而且很恐怖？」泰瑞說。

「沒錯。」吉兒說：「真的很恐怖。」

「而且牠們非常可能會抓住我們，裝進袋子掛起來後，用樹枝戳我們，一邊大叫『吼比亞！吼比亞！吼比亞！』，然後我們對這一切都無能為力嗎？」

「是的。」吉兒說：「真的真的真的非常有可能。那麼，你們覺得呢？」

「嗯……」我說。

「嗯嗯……」泰瑞說。

「怎麼樣？」吉兒問。

「這個嘛，」我說：「我們還在等什麼？快出發尋找吼比亞吧！」

本頁重點字 ▶ 出發

第 10 章

很暗很暗的屋子

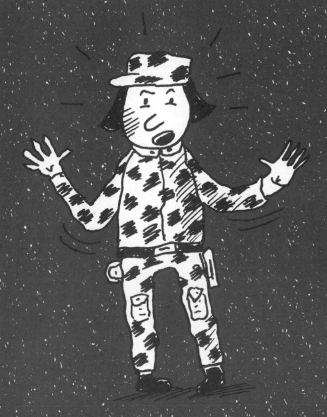

「等一下！」吉兒說：「沒那麼快。我們必須待在一起……吼比亞是很危險的。」

定義 ▶ 停止的相反。

213

「我也很危險啊！」泰瑞說：「如果吼比亞想把我裝進袋子裡，牠們一定會後悔的！」

「那是一定的。」我說：「來吧，各位，我們出發吧！」

沒有回應。

「各位？」

我環顧四周。

一個人也沒有。

「他們都去睡覺了嗎？」泰瑞問。

「不是。」我說：「帳篷是空的。」

「可是，如果他們不在這裡，」泰瑞說：「那會在哪裡？」

我們看著彼此，倒抽了一口氣。

「我覺得吼比亞抓走他們了。」吉兒說。

「牠們會把他們裝進袋子裡！」我說。

「牠們會用樹枝戳他們！」泰瑞說。

「然後反覆唱『吼比亞！吼比亞！吼比亞！』。」吉兒說：「我們一定要找到他們。我好像看見一些新的足跡……快跟我來！」

我跟著吉兒，轉身確認泰瑞也跟著我，卻沒有看見他。

「泰瑞！」我叫道：「我們在這裡！」

沒有回應。

我再次叫他。

又再叫一次。

但是他不見了。

「吉兒！」我大喊：「牠們抓走泰瑞了！」

一片靜默。

「吉兒？」我說：「吉兒？」

「吉兒？」

沒有任何聲音。

喔不──牠們也抓走她了！

現在只剩下我獨自一人。

沒有朋友，獨自一人，還被充滿敵意的吼比亞包圍！

不過，嘿，我沒事的。

我不害怕。

我一點也不害怕。

連一點點、一滴滴都⋯⋯

好吧，我承認⋯⋯我好害怕！

真的

很害怕！！

超級

害怕！！！

接著我聽見一個聲音。

喔不。現在牠們要來抓我了！

我緊閉雙眼。

我能聽見牠們越來越近⋯⋯越來越近⋯⋯越來越近。

牠們就在我的旁邊。但是牠們沒有抓住我，也沒有把我裝進袋子裡。為什麼？我張開眼睛。

本頁重點字 ▶ 眼睛

因為那不是吼比亞。

那只是一隻舊靴子。

我的一生中從來沒有因為看見一隻溼透的舊靴子而這麼高興。

「舊靴子！」我說：「看見你真是太高興了！」

舊靴子沒有回應，但是我很確定它也很高興見到我。

定義 ▶ 　　　　住在眼窩裡圓滾滾的小東西。

221

舊靴子跳到我前方，然後停下來，像是在等著我趕上它。

我聳聳肩，跟在它後面。我的意思是，在這個節骨眼上，我根本也沒有其他選擇嘛。

我跟著舊靴子進入陰暗的森林。

也許我應該說很暗很暗的森林。

我們越深入很暗很暗的森林，森林就變得越來越暗！

感覺我們走了（這個嘛，我用走的，靴子用跳的）很長一段時間。然後我看見一個朦朧幽暗的輪廓。

那是一棟房子。

很暗的房子。

很暗很暗的房子——就像我的故事裡的那棟！

事實上，我認得那棟房子。

那是坐落在鬧鬼樓層的鬼屋（在建造五十二層樹屋時加入的）。

本頁重點字 ▶ 房子

我跟著舊靴子登上很暗很暗的階梯，來到很暗很暗的大門。

當我站在大門前正想著是否應該敲門時，門緩緩的「嘎嘰」……自動打開了！

嘎嘰！

　　我看見一道很暗很暗的樓梯。

我可以聽見樓梯上方傳來吼比亞的呼吼聲。我不想上去，可是我必須救泰瑞和吉兒，以及所有的朋友。更何況，靴子已經走到一半了。我跟上去。

　　我把腳踏上樓梯的第一階——第一階很暗很暗的階梯……

　　然後是下一階……

　　然後下一階……

直到靴子和我爬上很暗很暗的樓梯的頂端，就在很暗很暗的房間外。

　　現在呼吼聲非常響亮。

第 11 章
吼比亞！吼比亞！
吼比亞！

我盯著房間，裡面又大又暗，不過，我可以看見天花板上掛著一盞巨大的吊燈，而吊燈上則掛了一堆袋子。

一群吼比亞正圍著袋子跳舞，用樹枝戳袋子，一邊大吼：「吼比亞！吼比亞！吼比亞！」

「喂，住手！」泰瑞從其中一個袋子中大喊：「等我的朋友安迪發現你們對我們做的事，你們會非常後悔的！」

「吼比亞！吼比亞！吼比亞！」吼比亞大吼。

「我們沒有傷害你們的意思。」吉兒呼喊：「你們可以放我們出來嗎？我們不打擾你們，立刻離開。」

「吼比亞！吼比亞！吼比亞！」吼比亞大吼。

「你們可以停止大吼『吼比亞！吼比亞！吼比亞！』嗎？這樣我才能採訪你們。」汪達大聲說：「我覺得我們的讀者一定會想聽聽你們的故事！」

「還有，如果你們把相機還給我，我可以拍一些你們的照片！」吉米大喊。

「吼比亞！吼比亞！吼比亞！」吼比亞呼吼以作為回應。

「大家都在這裡，而且他們沒事！*」我悄聲對靴子說：「可是我們要怎麼拯救他們？吼比亞的數量太多了！」

* 如果你對「沒事」的定義包含被裝在袋子裡、吊起來並且被樹枝戳。

我不知道靴子能不能理解我的話，很難看得出來。但是它一定是理解了什麼，因為它抬起鞋尖，迅速跳進房間裡……

　　開始大踢特踢吼比亞！

234

吼比亞被踢得滿天飛，不過牠們一落地就立刻跳起來，跑回去攻擊靴子。

　　牠們全都撲到靴子上壓制它。如果我不做一些什麼，舊靴子就會和其他人一樣被裝進袋子裡。

　　即使我非常害怕，也不能讓這種事情發生。

　　我必須救它！我踏進門。

　　「住手！」我說。

吼比亞瞪著我。

我瞪著吼比亞。

「放下那隻靴子，遠離袋子。」我說。

可是吼比亞並沒有放下靴子，也沒有遠離袋子。牠們用袋子撈起靴子，開始朝我移動。

定義　▶　　　　　　不是什麼都沒有。　　　　237

呃……喔。很糟……糟糕……不妙了……糟透了！

隨著吼比亞越來越接近，我發現也比較容易看清楚牠們。因為接近清晨，房間裡變亮了。太陽即將升起。

隨著房間越來越亮，吼比亞的動作也越來越慢……

越來越慢……

越來越睏……

越來越睏……

本頁重點字 ▶ 糟糕

直到牠們全都在地上睡倒成一堆，開始大聲打呼。

　　就像吉兒說的那樣──牠們整個晚上跳舞，整個白天
睡覺。

我躡手躡腳的繞過鼾聲大作的吼比亞，解開其中一個袋子。

　　泰瑞掉出來，「砰」的一聲跌落在地上。

　　他躺在那裡眨了好一陣子眼睛，因為光線太刺眼。然後他跳起來，給我來一記鎖喉。

　　「你們這些吼比亞一定會為你們做的事感到後悔的！」他說。

「泰瑞！」我用最大的音量説：「我不是吼比亞！是我，安迪！」

「安迪？」泰瑞鬆開鎖喉，「你為什麼要把我裝進袋子裡，還用樹枝戳我？」

「我沒有。」我説：「是吼比亞做的！牠們把你們從營火旁抓走，帶到鬧鬼樓層。我在森林裡迷路了一陣子，不過舊靴子找到我，一路帶我到這裡。」

「吼比亞現在在哪裡？」泰瑞説。

「就在我們四周。」我指著牠們，「太陽一升起牠們就睡著了。我們趕快放其他人出來，離開這裡吧。」

本頁重點字 ▶ 太陽

我們盡可能安靜的在四周走動，從袋子裡放出大夥兒。

「好啦。」我低聲說：「大家跟著舊靴子。小心不要踩到吼比亞。」

我們躡手躡腳走向大門，這時聽見一聲大吼。

我轉身看見吉米 · 快拍正和抓著他的相機的吼比亞拔河。

「那是我的相機！」吉米大吼：「放開！」

「吼比亞！」吼比亞大吼。我相當確定牠的意思是「才不要！」

本頁重點字 ▶ 躡手躡腳

吼叫聲驚動其他吼比亞。牠們都醒來了，更糟的是，牠們都站起身，踮著詭異的腳趾頭，詭異詭異詭異的逼近我們，形成殺氣騰騰的圓圈圍住我們。

　　「吼比亞！吼比亞！吼比亞！」吼比亞逼近我們的同時呼吼道。

「吉兒，我們現在該怎麼做？」我說：「妳可以和牠們說話嗎？」

　　「很遺憾，沒辦法。」吉兒說：「我幾乎可以與所有動物說話，但是沒辦法和吼比亞溝通。看來牠們想做的就只是大喊『吼比亞！』。我想我沒見過這麼不聰明，又這麼不討喜的動物——而且我見過的動物還不少呢。」

本頁重點字 ▶ 不討喜

吼比亞越來越靠近……

越來越靠近……

越來越靠近。

牠們大聲呼喊，不過似乎不足以蓋過緩緩充斥整個房間的恐怖悲鳴聲。

　　吼比亞停止呼喊，全身凍結。

　　某種像一陣煙──或是霧──的東西出現在我們面前。緩緩成形──

　　「快看！」泰瑞說：「是佛列德！很鬼魂的鬼魂，佛列德！」

　本頁重點字　▶　凍結

「嗚～嗚！」很鬼魂的鬼魂佛列德說。

　　吼比亞開始很慢很慢的後退，遠離我們，以及佛列德。顯然牠們很怕鬼魂。

「這些吼比亞在找你們麻煩嗎？」佛列德問。

「確實如此。」我說：「我們正想辦法離開這裡，但是牠們不放我們走。」

「交給我吧。」佛列德說：「鬼魂和吼比亞是天敵。如果要說我有什麼喜歡做的事，那就是用老派的方式對吼比亞作祟！」

佛列德又開始大聲悲鳴……

嗚～嗚！嗚～嗚！嗚～嗚！
嗚～嗚！嗚～嗚！嗚～嗚！
嗚～嗚！

本頁重點字　▶　作祟

吼比亞以最快的速度，用牠們那詭異的腳趾頭衝向門口。

佛列德將吼比亞趕離很暗很暗的房間⋯⋯

趕下很暗很暗的階梯⋯⋯

趕出很暗很暗的大門……

趕下很暗很暗的樓梯……

趕進很暗很暗的森林……

從森林的另一頭趕出去！

「喔，不！」泰瑞說：「這下子整個樹屋都是滿滿的吼比亞了！」

「也許不會。」吉兒說：「牠們正直直衝進又深又陰暗的洞穴，有龍在裡面的那個洞穴！」

由於佛列德窮追不捨，吼比亞全都衝進洞穴裡。

嗚～嗚！

本頁重點字 ▶ 洞穴

我們聽見轟天怒吼，看見一陣火焰噴出，接著洞口湧出一陣難聞的濃煙。

「我想這就是吼比亞的結局。」泰瑞說。

「我想那也是佛列德的結局了。」我說。

「不是喔。」泰瑞說:「快看!他在那裡!他現在是鬼魂的鬼魂的鬼魂的鬼魂了!」

第 12 章

婚禮嗶嗶！

有人說
「婚禮」嗎？

嗯！

「我覺得很對不起佛列德。」吉兒說：「可是我覺得更對不起吼比亞。」

「妳在開玩笑嗎？」我說：「牠們把妳裝在袋子裡、用樹枝戳妳，還不停對妳大叫『吼比亞！』哋！」

「不只這樣，牠們還搶走我的相機！」吉米説：「所有我很確定會得獎的照片全都沒啦！」

「牠們還搶走我的筆記本和筆。」汪達説：「我的所有筆記，我的所有訪談，全都被龍燒掉了。現在我們沒故事啦！」

我聽見鏘啷聲，看了看周圍。

瑪麗和愛德華的頭靠在一起，正興奮的說悄悄話。

愛德華抬起頭。「或許我和瑪麗能幫上忙。」他說：「我想我們可以給你們獨家！」

「謝了，愛德華。」汪達說：「不過我目前不想吃冰淇淋。我需要的是故事。」

「這正是我們要提供的。」瑪麗說：「我們並不是要給你獨家冰淇淋，我們說的是獨家報導。」

　　「獨家報導？」汪達問：「哪一類新聞？」

　　「愛德華和我決定要結婚了。」瑪麗說。

「那真是太棒了！」我說：「樹屋從來沒有舉辦過婚禮。」

　　我們全都聚在愛德華和瑪麗身旁恭喜他們。

　　「我們可以不扔彩色碎紙，改扔螺帽和螺栓嗎？」泰瑞問。

　　「當然可以啦。」愛德華說：「機器人婚禮就是這樣辦的。」

「這絕對是絕佳的新聞。」汪達說：「我很為你們兩人感到開心。可是很不巧，《走開！》雜誌不報導婚禮，只報導度假。」

「我們知道！」瑪麗說：「這就是我們要說的——我們想要獨家授權《走開！》雜誌報導我們的婚禮，還有我們的蜜月假期！」

「沒錯。」愛德華說：「我們要去古色古香歷史小鎮，盡情享用老派冰淇淋和棒棒糖。」

「搭乘馬車遊覽古色古香大街，讓老派技師開關我們的迴路，還要到古風歷史酒館捲入老派酒館吵架！」

　　「我不確定老派酒吧吵架好不好，」瑪麗說：「我不希望有人受傷。」

　　「別擔心。」愛德華說：「我們不會受傷，因為我們是機器人呀，記得嗎？而且沒有其他人會受傷，因為所有的顧客和店員也都是機器人！」

　　「這樣的話，開始老派酒館吵架吧！」瑪麗說：「那麼，汪達、吉米，你們覺得呢？要加入嗎？」

「那一定會是個很精采的故事。」汪達説：「而且我很確定讀者一定會非常喜歡。只是有一個問題：我們沒有東西可以記錄。如你們所知，吼比亞搶走了我的筆和筆記本。」

　　「還有我的相機！」吉米説，他一臉快哭出來的樣子，「我那美麗、得獎的相機啊！」

「不用擔心！」梵希 · 費許走上前説：「我這裡就有最上等的筆、鉛筆、筆記本，還有得獎相機！」

　　梵希 · 費許打開他的大衣，一邊展示著各種形狀、尺寸的相機，另一邊則是選項繁多的筆記本和筆。

如果你正在找
筆記本或筆，
我的全新快閃店都有，
全都在這裡。

我有一大堆相機～
各種尺寸和造型～
都在我這間兩百萬元的
暫時公司裡。

如果你想要高價，
高價就是你的渴望，
我可以親自掛保證，
絕對找不到更高價。

「真是太驚人了！」吉米看著相機説：「請給我這一台。」

　　「這一個筆和筆記本的組合很適合我。」汪達説。

　　「非常好。」梵希・費許説：「我很欣賞你們的品味。這樣是各兩百萬元。」

數位相機

超級筆

筆記本

25萬...

兩百萬元標價牌

　　「可惡，」吉米説：「我只有兩塊錢。」

　　「我也是。」汪達沮喪的説。

「不用擔心。」貧奇說：「我這裡有兩塊錢快閃店——全部都不超過兩塊錢。我可以用兩塊錢各賣你們兩百萬元。」

「謝啦，貧奇。」汪達說。

「對啊，謝了，貧奇。」吉米說：「你真是救命恩人！」

「其實我是螃蟹。」貧奇說：「不過永遠樂意為你們服務。」

本頁重點字 ▶ 救命恩人

「好，我們準備好了！」汪達說：「婚禮是什麼時候？」

「就是現在！」瑪麗說。

此時，結婚進行曲開始演奏，儀式主持機器人進場。

儀式主持機器人說：「今天，我們為樹屋最貼心的兩位機器人齊聚一堂。瑪麗和愛德華，你們是否願意為彼此上油、定期更新，使兩人能長長久久的運作？」

本頁重點字 ▶ 儀式主持人

「我們願意。」愛德華和瑪麗回答。

「現在我宣布你們為機器人和機器人！」

定義 ▶ 引導儀式的人（或機器人）。

愛德華和瑪麗步向企鵝為愛德華裝飾的冰淇淋車時，我們全都對他們扔出大把螺帽和螺栓。

汪達和吉米緊跟在後面，汪達問問題，並用兩百萬元的筆快速將回答寫在兩百萬元的筆記本上，吉米開心的用兩百萬元的新相機拍個不停。

本頁重點字 ▶ 問題

第 13 章
最終章

「真是好棒的度假！」泰瑞說。

「對啊。」我說：「雖然沒有原本希望的那麼放鬆，不過很刺激，而且還帶給我們一大堆可以寫進下一本書的內容。」

「而且我們還看到了吼比亞。」吉兒說。

「而且還有鬼魂的鬼魂的鬼魂的鬼魂！」泰瑞說：「趁記憶猶新，我們趕快把這些都寫下來，並且畫成圖畫吧！」

我們書寫……

然後畫……

然後畫……

然後寫……

然後畫……

繼續畫……

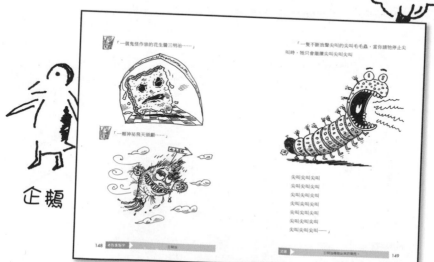

企鵝

然後寫……

ㄅㄆㄇㄈㄉㄊㄋㄌ

繼續寫……

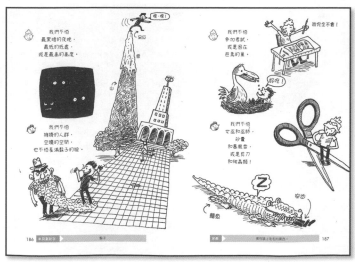

他說
她說
他們說
我們說
它說
那個說
我們都說

繼續畫……

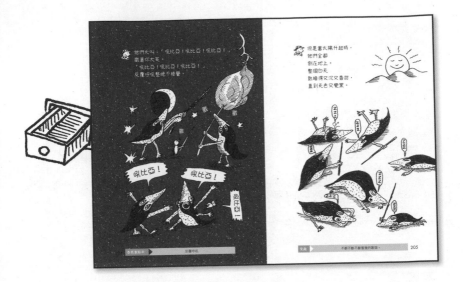

繼續寫……

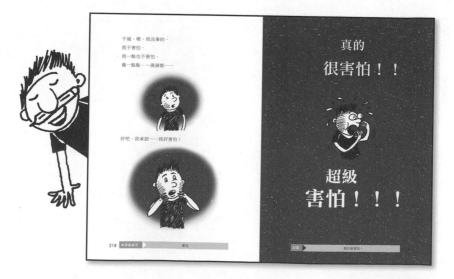

然後寫……

然後畫……

定義 ▶ 　　　　　　　畫畫的相反。　　　　　　　285

直到全部完成！

　　「完美！」我說：「這是目前最棒的作品！不過花的時間比我想像的長。這本書必須在四十五秒內送到大鼻子先生的辦公室！老天才知道我們該怎麼準時送達？」

舊靴子開始咚咚咚的大聲跳來跳去。

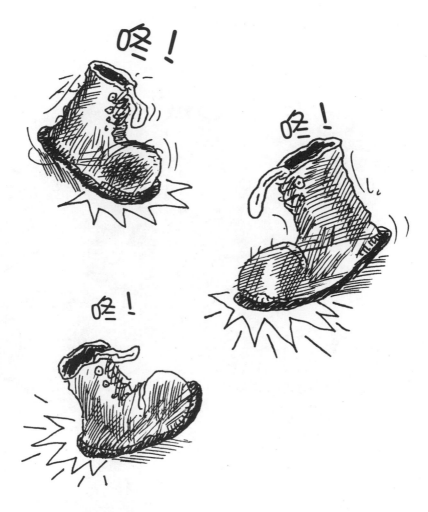

「我覺得它有話要對我們說。」吉兒說。

「我想我知道它要說什麼。」我說。

我把書放在層板邊緣，靴子猛然一蹬，很用力的把書踢出去……當我說「很用力的踢」的時候，我的意思是真的非常非常用力踢！

本頁重點字 ▶ 踢

書飛到空中，飛得很高很遠……

越過森林……

本頁重點字 ▶ 森林

穿過城市……

本頁重點字　▶　　　　　　城市

然後往下飛進大鼻子先生的辦公室。

本頁重點字 ▶ 辦公室

「踢得好！」我對舊靴子說。

「真是一隻屬害的靴子。」泰瑞說：「可以讓它和我們一起待在樹屋嗎？」

「當然可以。」我說：「畢竟我也對它產生感情了！」

「太棒了！」泰瑞說：「我一直好希望有個舊靴子樓層，如果我們找到其他舊靴子，它們也可以一起住在那裡。」

很多樓層

「敲敲門！」下面傳來一個聲音。

「是誰？」泰瑞說。

「是比爾！」

「哪個比爾？」泰瑞說。

「郵差比爾！」

「哪個郵差比爾？」泰瑞又說。

「泰瑞，這不是敲門笑話。」比爾高聲喊：「是我啦——郵差比爾！我來送貨的。」

「喔，比爾，真是對不起。」泰瑞說，然後我們全都下去開門。

定義 ▶ 樹上的屋子。

「是特別快遞喔。」比爾遞來一本雜誌。「如果我沒弄錯，這是最新一期的《走開！》雜誌，封面是愛德華和瑪麗呢！」

本頁重點字 ▶ 特別

走開！

雜誌

機械甜心
永結機芯！

獨　家

古色古香小鎮

蜜月假期

附照片

文字：汪達・很會寫 / 攝影：吉米・快拍

「看來一切都非常順利的解決啦。」泰瑞說：「那我們現在要做什麼？」

　　「我想我們應該為樹屋多加十三層樓。」我說。

　　「蓋到一百五十六層嗎？」泰瑞說：「太酷了！我一直想要一百五十六層高的樹屋。」

　　「首先，我們需要舊靴子樓層，讓舊靴子有地方住。」我說。

　　「然後要為誇茲傑克斯蓋一座水族館樂園。」泰瑞說：「其實我已經畫了一些平面圖。」

「誇茲傑克斯？」吉兒問：「那是什麼？」

「那是我的新寵物墨西哥蠑螈。」泰瑞說。

「泰瑞，沒關係的。」我說：「你不需要假裝自己有一隻叫作誇茲傑克斯的墨西哥蠑螈。我不在乎你自創一個單字。我已經不生氣了。即使我們的度假完全不輕鬆，我還是感覺相當放鬆。」

「我沒有自創單字。」泰瑞指著天空說：「你看！誇茲傑克斯來了！」

我抬頭一看，確實有一隻穿著披風的墨西哥蠑螈正往我們飛來。

　　「牠為什麼穿披風？」吉兒問。

　　「因為誇茲傑克斯不是普通的墨西哥蠑螈。」泰瑞說：「牠可是替身演員墨西哥蠑螈喔！」

　　牠降落在樓板上說：「Hola, mi nombre es Quazjex. *」

　　喔不——真是不敢相信！

　　誇茲傑克斯竟然是真的 ?!

　　我想我又需要度假了！

注：此句為西班牙語，意思是「嗨，我的名字是誇茲傑克斯。」

本頁重點字　　　　Hola, mi nombre es Quazjex

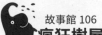

故事館 106

小麥田　瘋狂樹屋 143 層：驚奇露營冒險之旅
The 143-Storey Treehouse

作　　　者　安迪・格里菲斯（Andy Griffiths）
繪　　　者　泰瑞・丹頓（Terry Denton）
譯　　　者　韓書妍
封 面 設 計　翁秋燕
責 任 編 輯　蔡依帆

國 際 版 權　吳玲緯
行　　　銷　何維民　吳宇軒　陳欣岑　林欣平
業　　　務　李再星　陳紫晴　陳美燕　葉晉源
總　編　輯　巫維珍
編 輯 總 監　劉麗真
總　經　理　陳逸瑛
發　行　人　凃玉雲
出　　　版　小麥田出版
　　　　　　10483 台北市中山區民生東路二段 141 號 5 樓
　　　　　　電話：(02)2500-7696
　　　　　　傳真：(02)2500-1967
發　　　行　英屬蓋曼群島商家庭傳媒股份有限公司
　　　　　　城邦分公司
　　　　　　10483 台北市中山區民生東路二段 141 號 11 樓
　　　　　　網址：http://www.cite.com.tw
　　　　　　客服專線：(02)2500-7718 ｜ 2500-7719
　　　　　　24 小時傳真專線：(02)2500-1990 ｜ 2500-1991
　　　　　　服務時間：週一至週五 09:30-12:00 ｜ 13:30-17:00
　　　　　　劃撥帳號：19863813　戶名：書虫股份有限公司
　　　　　　讀者服務信箱：service@readingclub.com.tw
香港發行所　城邦（香港）出版集團有限公司
　　　　　　香港灣仔駱克道 193 號東超商業中心 1 樓
　　　　　　電話：+852-2508-6231
　　　　　　傳真：+852-2578-9337
馬新發行所　城邦（馬新）出版集團 Cite (M) Sdn Bhd.
　　　　　　41-3, Jalan Radin Anum, Bandar Baru Sri Petaling,
　　　　　　57000 Kuala Lumpur, Malaysia.
　　　　　　電話：+603-9056-3833
　　　　　　傳真：+603-9057-6622
　　　　　　電郵：services@cite.my
麥田部落格　http:// ryefield.pixnet.net
印　　　刷　漾格科技股份有限公司
初　　　版　2022 年 5 月
售　　　價　330 元
版權所有 翻印必究
ISBN 978-626-7000-40-3
EISBN 9786267000380(EPUB)
Printed in Taiwan.
本書若有缺頁、破損、裝訂錯誤，請寄回更換。

The 143-Storey Treehouse
Text copyright © Backyard Stories
Pty Ltd, 2021
Illustration copyright © Scarlett
Lake Pty Ltd,2021
Published by arrangement with
Curtis Brown Group through
Andrew Nurnberg Associates
International Limited.
Traditional Chinese translation
copyright © 2022 by Rye Field
Publications, a division of Cite
Publishing Ltd.
All Rights Reserved.

國家圖書館出版品預行編目 (CIP) 資料

瘋狂樹屋 143 層：驚奇露營冒
險之旅 / 安迪 . 格里菲斯 (Andy
Griffiths) 著；泰瑞 . 丹頓 (Terry
Denton) 繪；韓書妍譯 . -- 初版 . --
臺北市：小麥田出版：英屬蓋曼群
島商家庭傳媒股份有限公司城邦分
公司發行 , 2022.05
　面；　公分 . -- (小麥田故事館)
譯自：The 143-storey treehouse.
ISBN 978-626-7000-40-3（平裝）

887.1596　　　　　　111001640

城邦讀書花園
www.cite.com.tw
書店網址：www.cite.com.tw